시를 묻는 그대에게

시인의 말

첫 번째 시집 「낮은 곳에서 피어나리」를 출간할 때는 얼떨떨한 마음이었고 두 번째 시집 「시를 묻는 그대에게」 출간할 때는 고뇌스런 심정이었음을 고백하지 않을 수 없습니다.

제 부족한 시는 황혼의 나이를 핑계로 독자들께 다가가겠습니다. 저의 시집을 읽으시고 작은 감동이라도 받으셨다면 예쁜 미소를 지어주세요. 그러면 시인으로서 고마울 따름입니다.

감사합니다.

차례

엄마 봄

나비들의 호위를 받으며
오는 엄마 봄

설레는 마음으로
젖비를 품고 와

곤한 잠을 자고 있는
아가 풀꽃을 깨워

시원하고 달콤한
젖비를 먹인다

배시시 웃으며
눈을 뜨는
아가 풀꽃들

얼굴 쏘옥 내밀며
엄마 품에 안기어

아지랑이 구슬 갖고
장난감 놀이 한다

아름다운 연극

저녁노을이
연극무대라면

끼룩끼룩 노래하며
날개 춤을 추는

기러기들은 아름다운
배우들이었네

오색찬란한 꽃구름도
어둠에 묻혀버리고

정열적 공연이
막을 내리면

배우들 강가에
모여앉아

뒤풀이 회식을
즐기면서

밤하늘에 별을 보고
내일의 희망을 꿈꾼다

귀뚜라미

또르루 또르루
깊어가는 가을밤에

뜰에서 창가에서
내 귓전에서 구른다

때론 처량하고
임 부르는 듯 애절하고

성악가 가을밤
음악회에서 부르는

소프라노
같기도 하다

은쟁반에
구슬 구르듯

아침햇살 풀잎에
맑은 이슬 구르듯

잠자는 내 영혼을
깨우며 구른다

그대 꽃이라면

그대가 꽃이라면
나는 선善 나비 되어

꽃잎에 앉아
떠나지 않으리

다른 꽃들이
한 줌 향기로 유혹해도

단심가를 읊으며
그대 곁을 지키리

언젠가 비바람에
그대 지는 날

영혼까지
사랑한 나는
그대 뒤를 따르리

민들레 부부

길가 한 모퉁이에
민들레꽃 부부

신접살림 차리었나
어여쁘고 다정해라

길 가는 사람마다
덕담으로 말 건네니

풋풋한 웃음으로
진향기 날려주며

다정한 이웃 되어
정 나누며 살자 하네

선녀들의 그림

하늘에서
선녀들이
물감으로 그린 그림

세상에서 가장
아름다운 작품일 거야

서쪽 하늘 황톳길
그려 놓고는

호호호 웃으며
노을이라 이름 붙였네

은하수 저편
선녀탕에서 목욕을 하고

해 뜰 무렵 동쪽 하늘에
태양을 그린다네요

파도의 한

너는 무슨 한이 있어
방파제에 몸을 던져

산산이 부서지며
하얀 거품을 토해내느냐

고기잡이 나갔다가
돌아오지 못한
임의 넋이더냐

사랑하는 임을 잃은
애달픈 여인의

한을 달래려는
애절한 그리움이더냐

갈매기도 한 서린
파도 소리에
슬피 울며 나는구나

장독대의 추억

나 어릴 적 우리 남매
뒤란 장독대에서
술래잡기
놀이를 할 때면

까치들이
감나무 가지에 앉아
깍깍깍 울어대며
술래를 알려준다

훠이훠이 손을 저어
쫓을라치면

이 가지 저 가지
옮겨 다니며
용용 놀려대는 까치들
그 모습이 재밌다는 듯
해맑게 웃으시던 어머니

지금은 가셨지만
어머니 손때묻은
장독마다 귀를 대보면

장 익어가는 소리가
어머니 숨결처럼
그리움으로 들려온다

아가 재롱 1

우리아가 아장아장
엄마손뼉 응원소리

넘어질 듯 뒤뚱뒤뚱
오리걸음 흉내 내듯

까르깔깔 재롱떨며
엄마 눈 맞추고는

장한 듯이 웃으면서
엄마 품에 안기운다

아가 재롱 2

우리 아가 맘마 맘마
잘도 먹네 엄마 칭찬

고사리손 곤지곤지
잘도 하네 배꼽인사

인형 업고 재롱떨며
엄마 입에 뽀뽀하고

한바탕 놀더니만
쌔근쌔근 잠들었네

천사 간호사

천사 간호사가
미소를 지으며
병실에 들어서면

아픔이 연기처럼
사라지고

향기 그윽한
안심 꽃이 피어난다

천사 간호사를
호출했는데도
늦어지는 것은

급한 환자를
돌보고 있기 때문이고

주사를 한 번에
못 놓았을 때에는

그 미안한 마음이
환자의 아픔보다
더 컸으리라

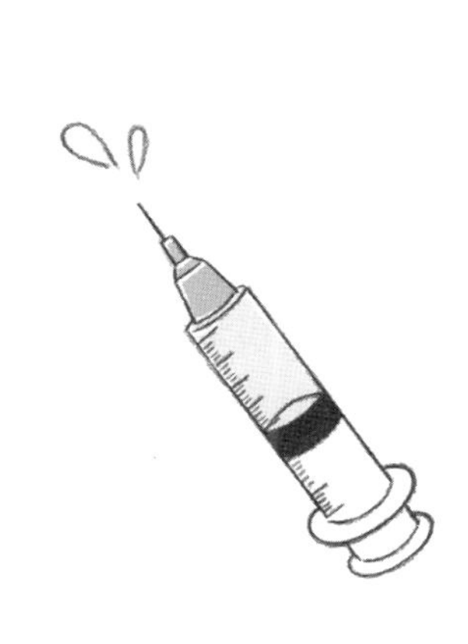

동백꽃

동백 꽃잎 속에는
뜨거운 불 있어 따뜻한가 봐

한겨울 추위도
기쁨으로 즐기는 걸 보면

정열적 사랑도
감추고 있나 봐

하얀 눈이 내리면
웃는 모습 천사 같고

흔들리지 않는
고고한 자태는

임을 기다리는
기품있는 여인 같구나

일편단심 변치 않는
네 초연함에

오는 봄도 저만치서
머뭇거리고 있구나

고마운 잡초

누가 너를 보고
하찮은 잡초라 하리

네가 없으면
대지는 온통
붉은 핏빛이겠지

네가 있음에
들이 푸르고

풀벌레도 의지해
숨을 곳이 있잖니

금실 좋은
종달새 부부는

둥지를 틀고
새살림을 차렸구나

그네

화사한 색동옷에
미소를 머금은 너

한 마리 제비 되어
창공을 박차며

날쌔게 시위 긋고
오르내리는 모습은

하늘에서 선녀가
하강하는 듯하구나

돌아온 고향 모습

고향 모습 어슴푸레
눈앞에 어리는데

동네 어귀 느티나무
낯설기만 하구나

돌담집들 허름하고
실개천 여전한데

반겨주는 건지
야단치는 건지
까치 소리만 요란하다

총총했던 사립문
이 빠진 할머니처럼

순진하게 웃으며
반겨주는데

앞 뒷마당 잡초들만
제멋대로 무성하구나

하늘바다

가을하늘은
푸른 바다가

하늘 높이
떠오른 듯

조각구름은
돛단배 같고

흰 뭉게구름
흐르는 걸 보면
유람선 같고

검은 먹구름 떼는
큰 군함이
떠 있는 것 같네

수제비

조약돌 같은
예쁜 수제비

어머니 마술 같은
손놀림이 환상적이다

한 점 한 점 떼내어
펄펄 끓는 물에

퐁당퐁당
내던지면

자맥질을 하며
수영을 한다

모락모락 오르는 김은
어머니 따뜻한 마음

그 맛은 세상 어느 맛과도
비교할 수 없으리

안개 커튼

강 건너 산이
안 보인다

안개 커튼을 치고
잠을 자는 모양이다

머지않아
햇님이 웃으며

커튼을 걷으면
산이 잠에서 깨어나

강 건너 나를 보고
웃으며 반겨주겠지

짓궂은 봄바람

봄바람은
변덕쟁이

훈훈하기도 하고
짓궂기도 하여라

어린 풀꽃들에겐
살랑살랑 놀자 하고

나물 캐는
처자들에겐

치맛자락 붙잡고
놀자 하네

처자들 부끄러워
어쩔 줄 모를 때

나물 바구니 저만치
떼굴떼굴 굴러가네

어머니와 부지깽이

맨몸으로
머리를 까맣게
그을리며

불의 조련사처럼
어머님의
조정을 받으며
불을 다루었지

어머니는 너와 함께
밥을 지은 긴 세월

사이좋은 고부간의
관계처럼
정도 많이 들었을 거야

끝내 너는 불의 나라로
떠났고

어머니는 영혼의 나라로
떠나셨단다

호수공원

호수공원
풀꽃들

오 가는
발걸음마다

향기를
뿌려주네

믿지 말자

믿는다는 것은
서로가 좋은 일이다

그러나 믿어선
안 되는 일도 있다

운전자는
건널목에선
보행자를 믿지 말고
보행자는
운전자를 믿지 말자

신호가 떨어졌어도
신호도 믿지 말고

서로 믿음이
확인됐을 때 그때 믿자

그대 내 곁에

손을 뻗으면
항상 그대 몸에
닿을 수 있으면
참 좋겠다

창가에 달님이 웃으며
방안을 들여다볼 때
그대였으면
참 좋겠다

나 홀로
여행을 떠나
외로워 지쳐 있을 때

저기서 홀로 오는 여인이
그대였으면
참 좋겠다

퇴근길
소주 한 잔 생각나

포장마차
들렸을 때

그대 홀로
한잔하고 있었으면
참 좋겠다

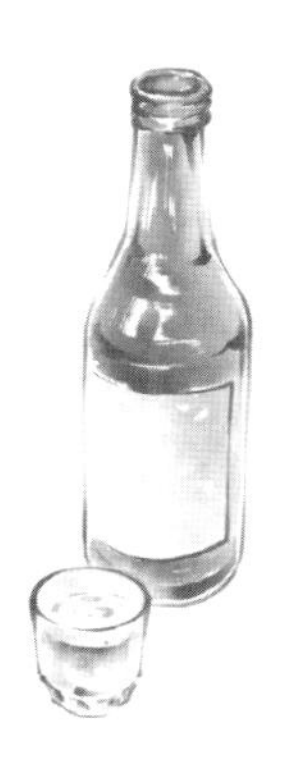

사계절의 행복

사계절 중 봄은 꽃이 피고
씨를 뿌리니 희망이요

여름엔 잎이 무성하고
성장하니 기쁨이요

가을은 오곡백과
열매를 맺어

풍성하게 거둬들이니
만족이요

겨울엔 땀에 결심을
창고에 가득 채우니

농자천하지대본農者天下之大本
이것만이 삶의 근본이라

사랑으로 시를 쓴다

시 한 수에 이 세상을
다 담을 수 있다면

그 시를 내 가슴에 담아
세상을 꽃피우리

비바람에 지는
꽃잎 하나도

어미 찾는 애끓는
어린 산새소리도

존재하는 모든 것들의
소중한 가치를 위하여

값진 사랑으로
나는 쉬지 않고 시를 쓰리라

보이고 안 보이는 것

흐르는 강물은
눈에 보이나

흐르는 세월은
보이지 않는다

떠가는 구름은
눈에 보이나

밀고 가는 바람은
보이지 않는다

꽃이 웃는 모습은
눈에 보이나

그윽한 향기는
보이지 않는다

사랑한다는 말은
귀에 들리나

사랑하는 마음은
보이지 않는다

고드름

함박눈으로
신나게 춤을 추며
세상에 내릴 때

사람들은 동심으로
너를 반기며 환호했지

그런 귀한 몸이
어쩌다가

무슨 큰 죄를 졌기에
초가지붕 처마 끝에

사형수처럼 매달린
애처로운
신세가 되었느냐

저승사자 같은 햇살이
한바탕 얼려대며

집행이 시작되니
설움에 겨워

눈물 뚝뚝 흘리며
생을 마치는
네 모습을 보니

가여운 생각에
내 마음도 아프구나

홍시

따가운 햇살
맑은 바람 마시며

빠알갛게
익은 얼굴

떫은 맛 뱉어내고
단맛을 품었구나

주인 노부부
까치 부부
마음 담아 열린 것

이 없는 노부부
우물우물 먹는데

까치 부부는
콕콕 찍어 잘도 먹는다

이 모습을 보고

환하게 웃으며

행복해하는 노부부

반딧불이

별도 달도 없는
깜깜한 밤

경찰차 깜빡이며
순찰을 돌 듯

반딧불이 꽁무니에
비상 깜빡불 켜고

숲속을 누비며
순찰을 돈다

길 잃은 풀벌레들
길 찾아 주고

병이 난 동물들에겐
한의사 격인

왕벌을 불러서
침을 놓게 해 고쳐주고

먼동이 밝아오면
풀잎에 앉아

아침이슬밥 먹고는
피곤을 달래며
잠을 청한다

어름사니

부채 하나
달랑 들고

하늘 높이 솟아올라
구름을 내찬다

버선발로
신기롭게도

외줄 타기
묘기를 부리며

한발 한발
내디딜 때

구경꾼들
숨죽이고 있다가

어름사니
너스레 떠는 입담에

숨을 토해내며
박수로 화답한다

채송화꽃

옹기종기 모여앉아
키재기하고

아기자기 소꿉놀이
너무 귀여워

놀러 나온 나비가
얼려주면서

이꽃 저꽃 모두에게
입맞춤하고

너희들도 나처럼
날아보란다

능소화

갓 시집 온
새색시처럼

홍황색 아름다운
꼬리치마를 입고

담장에 기대어
수줍은 고운 자태로

만면의
웃음을 머금고는

길 가는 사람들에게
향기를 나눠준다

저녁노을 속에
눈이 부시도록 고혹한 너는

세상 아름다움의
절정의 끝이었어

할미꽃

할머니께서
사는 곳은

산속 양지바른
봉긋한 외딴집

얼마나 외롭고
답답하시면

이승과 저승은
오갈 수 없는
신의 영역인 것을

할미꽃으로
환생하셨을까 생각하니

생전에 계실 때
손주들 할머니 사랑이

마음속 깊이

그리움으로 져며온다

별들의 시위

밤이면 별들이
시위를 한다

엄마별 아빠별
아가별들까지

무슨 사연 있어
밤새도록 슬픈 빛을 토해내며
시위를 하는 걸까

귀 기울여
가만히 들어보니

지구에서 올라오는
오염된 공기와

전쟁터에서 들려오는
미사일 대포 소리에

숨 막히고 시끄러워
잠을 못 이루니 빛을 잃어 간다고

될 수만 있다면

청산에 가서
구름이 되고
바람이 되자

그러다가
풀꽃이 되고
나무가 되자

새들이 날아와
둥지를 틀면

포근히 감싸는
안개가 되자

등불빛과 태초빛

해는 낮등불
달은 밤등불
서로 약속이나 한 듯

해는 낮에
달은 밤에
실수 한번 없이
어김없이 뜬다

신의 뜻이 아니고서야
두 등불은 꺼지지도 않고

무한세월을
이어올 수 있단 말인가
죽으면 두 등불을
볼 수 없겠지

영혼의 세계에는
자연의 빛이 아닌

태초의 신의 빛으로
뜨고 짐이 없이
영혼토록 비출 것이다

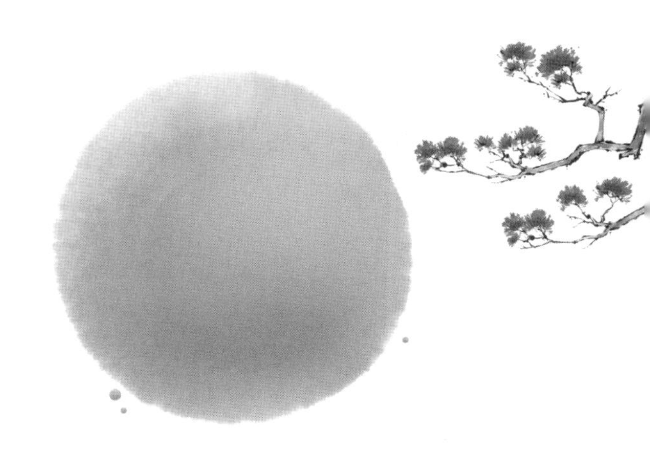

넥타이 색깔

국회의원님들
국민들이 헷갈릴까 봐

묻지 않아도
무슨 당인지 알 수 있도록

이 당은 빨간색 넥타이
저 당은 파란색 넥타이

국민 사랑하심이
대단들 하십니다

떡

예수님은
사랑떡

부처님은
자비떡

공자님은
효도떡

소크라테스는
철학떡

이 떡을 먹으면
깨우침을 얻어
행복하리라

피카소와 손주 녀석

세 살배기 손주 녀석
배를 깔고 엎드려

크레용을 움켜쥐고
코를 훌쩍거리며

무슨 말인지
웅얼웅얼하면서

엄마 얼굴 그리더니
빗발치듯 색칠을 한다

손주 녀석 그림과
피카소 그림을 대보면

그 그림이 그 그림
도토리 키재기다

피카소 그림
한 작품에 수백억

손주 녀석 그림값은
얼마나 될까

삼위일체三位一體

하늘
땅
사람

사람이 땅에다
호박씨 하나 심었다

땅이 씨앗을 품고
싹을 틔워 주었다

하늘에선
비를 내려주었고

햇볕을 비춰
성장케 했다

호박이 풍성하게
열렸으니

삼위일체 힘을 모아
큰 결실을 맺었다

그 수확은 몽땅
사람의 몫이었고

하늘 땅은 내어주는
은혜만 베풀었으니

두 손 모아 하늘 땅에
감사해야 하리라

산불

산이 운다
벌벌 떨며 운다

풀꽃 나무들
풀벌레 동물들

몸을 부들부들 떨며
재가 됐다

담배꽁초 하나가
의기양양하게

태울 것 다 태우고
잿더미만 남겼다

산은 격노하며
말한다

나는 사랑하는 자식들
다 잃고 슬픈데

인간들아
너희 마음은 어떠하냐

엄마와 아가

엄마는 아가를 안고
젖을 먹이며

그윽한 눈으로
아가를 내려다 본다

귀엽고 사랑스런
예쁜 아가

이슬 같은 맑은 눈에서
별들이 뛰어논다

엄마 입에서는
미소꽃이 피어나

지그시 눈을 감고
행복에 젖어 있다

엄마와 아가
아름답고 경이로운 인연은

신의 축복의 은혜에
감사를 드린다

핸드폰 비서

너는 새로운
우리 가족

내 손가방에서
비서 노릇을
톡톡히
하고 있어

딸내미 귀가가 늦어
걱정이 되면

네가 딸내미 폰에
연락해

안심을 시켜주니
참 고맙구나

설화에 나오는
도깨비방망이도

못하는 것을
네가 해내니

어찌 아니 좋겠느냐

날씨도 척척
계산도 척척
네비도 척척
사진도 척척
정보도 척척

너는 나의 반쪽
만능 척척박사
핸드폰 비서
우리 가족이다

충신과 간신

충신의 말에는
쓰디쓴 옳은 말만
쏟아지고

간신의 말에는
달콤한 잘못된 말만
쏟아지고

충신의 말은
임금님 귀에 가시가 돋고

간신의 말은
임금님 귀에 꽃이 피어난다

토끼풀꽃 사랑

풀꽃 두 개를 따서
엮어 만든 하얀 백금반지

여리고 고운
네 손가락에

순수한 마음으로
끼워주던 그 시절

너의 수줍던 모습을
그려본다

하룻밤 지나고 나면
시들어 버릴 꽃반지

영원한 우리 사랑
꽃반지 사랑

우리 둘을 묶어놓은
운명의 꽃반지

만세의 불꽃

삼월 그날의 하늘은
민족의 꿈처럼 푸르렀고

대한독립 울분의 함성은
남녀노소 누가 먼저랄 것 없이

불화산 터져 오르듯
하늘을 찔렀다

장미꽃보다
더 붉은 피를 토하며

초개와 같이
몸을 던졌으니

삼천리강산 곳곳마다
만세의 불꽃이

노도처럼
휩쓸었다

아~아 어찌 저들의
금수 같은 만행을

누가 용서할 수
있단 말이던가

백 년의 넘은 세월이
흐른 지금도

임들의 목 터져라 외쳤던
대한독립만세 소리가

내 귓전에서 가슴을 울리는구나

산수유

노오란
병아리 입 같은
산수유꽃

따스한 햇살도
시원한 바람도

너를 감싸 안고
몸을 씻긴다

향기는 넘실넘실
숲바다를 이루고

벌레집에서
깨어난 애벌레는

도리질을 하며
꽃향기를 맡는다

직박구리 식구들은

아롱거리는 아지랑이를 쪼아대며

새봄 노래 부른다

거울 앞에서

거울 앞에서
과거를 생각해본다

좋은 일은 자꾸만
기억을 되살리고 기뻐하라

나쁜 일은 자꾸
생각나거든

눈을 딱 감고
반성의 매를 쳐서

두 번 다시
되풀이되지 않도록

마음을 닦고
새로운 삶의 거울로 삼자

마음속 등불

어두운 마음속에
등불 하나 켜라

헛된 망상과
교만을 태워

일렁이는 번뇌를
태워버려라

오를 수 없던 산
건널 수 없던 강

다 헛된 꿈에 사로잡혀
허우적거리지 않았던가

자욱한 안개가 걷히고
마음이 밝아지면

향기 그윽한
꽃이 피어나리라

차별은 죄

흑장미
홍장미
백장미

활짝 피어
아름답고 다정하다

비록 색은 달라도
그윽한 향기는 똑같다

심지어 말 못하는
꽃들조차 어우러져

서로 웃고
사랑하는데

만물의 영장이라는
인간의 탈을 쓰고

흑인 홍인 백인
편 갈라

서로 괄시하고 차별하고
미워한단 말인가

아~아 부끄럽고
한탄스럽다

존재하는 모든 만물은
제 뜻대로가 아닌

그렇게 태어났기에
그 모습인 것을
어쩌란 말인가

벼룩

개구리가 다리를
웅크렸다 뛰면

아랫논에서
윗논으로 뛰어 오른다

너는 짧은 다리로
방바닥에서

천정으로 뛰어올라
입맛 몇 번 다시고는

잠자는 사람
배 위에 떨어져

마구 쏘아대고는
속내복 솔카리에
숨어버리니

고약하기 짝이 없구나
벼룩 네 이놈
뛰어봤자 벼룩이 아니더냐

오늘 속내복
삶아 빠는 날인걸
네가 어찌 알겠느냐

상생으로 살아간다

비 한 방울
구름 한 점 없는
하늘을 보고
꽃이 울고 있을 때

나비와 벌과 베짱이가
찾아와 말했다

꽃님 꽃님 얼마나 더우세요
우리가 도와드릴게요

나비가 팔랑팔랑
날갯짓으로
부채질을 해준다

벌은 꽁무니 침으로
꽃님 목과 허리에
침을 몇 대 놓아준다

베짱이는
목청을 돋우어
노래를 몇 곡 부른다

꽃님은 활짝 웃으며 말했다
나비님 벌님 베짱이님
정말 고맙습니다

향기 한 줌씩
드릴 터이니
드시고 가세요

앞으로도 서로 상생하며
사랑하는 마음으로
살아가자구요

사면초가四面楚歌

하늘에선
천둥 번개

땅에서는
폭탄 지진

바다에선
빙산 해일

산에서는
산불화마

사방에는
미세먼지

도로마다
교통지옥

핸드폰에는
보이스피싱

어디다 대고
숨을 쉬고 살거나

택배 아저씨

가을 뙤약볕에
메뚜기 뛰듯

거미줄같이
얽히고설킨 길을

이리 뛰고 저리 뛰며
고객 주문 물품을
배달한다

부인이 정성으로 싸준
하트모양 김밥 도시락

눈물이 앞을 가리고
목이 메인다

새벽별 보고 나갔다가
늦은 밤 별을 보고 돌아온다

풍선에 바람 빠지듯
온몸에 힘이 빠져 기진맥진
몸을 가누기 어려울 때

아이들이 아빠하고
안겨 오자

꺼진 전깃불이
다시 들어오듯

온몸에 빠진 힘이
기쁨과 행복으로
생기가 솟아난다

생선가게

재래시장 골목 한편에
조그만 생선가게

얼마 전만 해도
오대양 바다를 누비며

한 시절을 풍미하면서
살아왔을 생선들

지금은 조그만
가판대 위에서

얼음 요를 깔고
얼음 이불을 덮고 누워있다

어느 손님에 팔려가
그 집 식구들 한 끼 식사로

소신공양을 끝으로
파란만장한
여정이 끝이 나겠지

가엾은 생선들아
미안하구나

약육강식이라는
삶의 방식이
가혹하지만

그 누구를 탓할 수
있겠느냐

세상 만물 생존의 이치가
다 그러한걸

다람쥐의 운명

다람쥐가
참나무 밑에서
낮잠을 즐기는데

도토리 하나가
툭 떨어졌다
아니 이게 웬 떡

오늘은 운수대통한 날이다
다람쥐는 또
자는 척했다

얼마 후 또
툭 소리가 났다

응 그러면 그렇지
신이 난 다람쥐

어쩔 줄 모르고

돌아봤다

독사가 혀를 날름거리며 웃고 있다

수능 보는 날

수능 보는 본인 보다
부모 마음이 더 졸인다

태어나 지금까지
갈고닦은 날 선 칼로

시험문제와
한판 승부를 겨룬다

쉬운 문제는 내 앞에
무릎 꿇고

어려운 문제엔
내가 무릎을 꿇었다

정문 앞에서는
부모님께서 두 손 모아

하나님 부처님 조상님께
기도를 드렸다

주사위는 던져졌고
화살은 날아갔다

단풍의 한恨

봄을 맞은 나는
병아리 입 같은
노오란 새순으로
태어나

무더운 여름 한철
청청한 잎으로
젊음을 풍미했지

어느 날 계절이
바뀌더니

가을 찬바람에
뺨 몇 대 맞고는

내 얼굴이 벌겋게
오색찬란한
단풍으로 멍이 들었지

죽음을 앞둔
남의 슬픔도 모르고

사람들은
단풍 구경 가자며
구름 떼 같이
몰려들었어

예쁘다 아름답다는
말을 들으며

애처롭게도 나는
낙엽이라는
이름으로 지고 말겠지

경찰과 도둑

쫓는 경찰관
도망가는 도둑

잡힐 듯 잡힐 듯
잡히지 않는다

숨이 턱에 찬
경찰관 생각

도둑 이놈아
축지법을 쓰나
펄펄 나네

숨이 턱에 찬
도둑 생각

경찰관이
산삼을 삶아 먹었나

지치지도 않고
잘도 쫓아오네

극과극 입장에서
서로를 탓하는데

드디어 막다른 골목
독 안에 든 쥐

도둑 손목에
수갑이 채워지자

경찰관님
저 자수한 겁니다

경찰관 웃음소리가
가시 돋쳐 울렸다

의자 의사

다리 허리 아프고
숨찬 사람 다 오시오

남녀노소 누구나
내게와 치료를 받으시오

내게 앉기만 하면
신통하게 치료가 됩니다

나는 주사도 침도
약도 안 줍니다

피검사도 안 하고
엑스레이도 안 찍습니다

그러니 어찌 내가
명의가 아니겠오

나는 언제라도
이 자리에서 기다릴 테니

주저 마시고
오셔서 치료받고
쉬었다 가시오

밤낮없이 무료 진료입니다

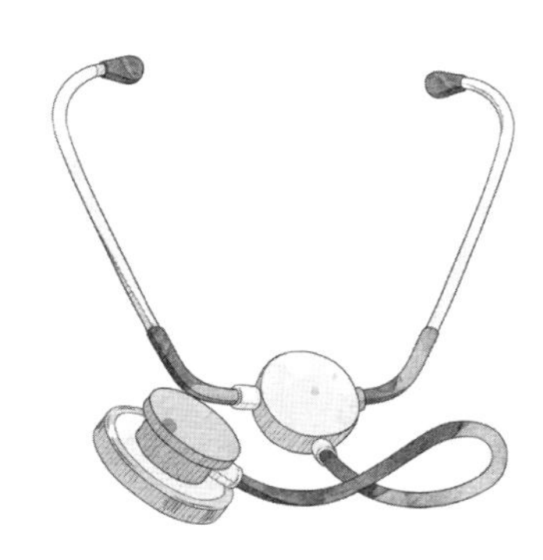

별똥별

광활한 우주에서
길잃은 나그네처럼

이리저리
떠돌아다니다가

머물 곳을 찾지 못하고
투신자살하듯

인간 세상 지구로
떨어졌구나

어느 별나라에서도
너를 반겨주지 않으니

유리걸식한
세월이 얼마더냐

별똥별아 이제는
고생이 끝났구나

우리 인간은 너를
박물관에 신주 모시듯
귀한 보물로 대접할 것이다

낚시

잔잔한 호숫가에 앉아
세상 다 잊은 듯
낚시를 드리우니

만 가지 시름이
스르르 사라진다

수초 사이로 오가는
귀여운 고기들

가끔씩 물 위로
펄쩍펄쩍 뛰어오르며

고요 속 삼매경에 빠진
내게 놀자고 한다

그래그래 고기들아
마음껏 놀아보자

내 너희를 잡을 맘없어
귀 없는 바늘을 달아놓았단다

말

우리 삶에서 말은
생활 전체를
소통할 수 있어 편리하다

말에는 세상만사를
정리해주는 원천어이다

마음에서
우러나오는 말투는

사랑도 미움도
믿음도 불신도
행복도 불행도

행동으로
이어지기 때문에
신중해야 한다

그래서 말이 씨 된다는 명언을
우리 가슴속에 새기고
살아가야 할 것이다

진달래꽃

장난기 가득한
웃는 얼굴에

철부지처럼
빠알간 화장을 하고

여기저기 뛰어다니며
신기루 놀이를 한다

어둔 숲속을
환하게 밝힌

진달래꽃 아이들
벌 나비를 부르고

풀벌레도
같이 놀자며

바람에 향기 실어
멀리멀리 보낸다

바람

바람들은 평소에는
각자 쉬며 조용하다

그러다 인간에게 화가 나면
뭉쳐서 회오리바람을 일으킨다

그래도 화가 날 때는
태풍이 되어 시위를 하고
화풀이를 한다

그래도 못마땅하면
허리케인으로 뭉쳐

세상을 초토화
시켜 버린다

보이지도 않고
말 못하는 바람도
무슨 생각이 있는 것일까

선비

초연하게
정신을 가다듬고

낭랑한 목소리로
글을 읽는다

추녀 끝에
울어대는 풍경소리

함께 어우러져
운치가 더할 때면

별들이 문설주에
귀대고 듣는다

하늘 높이 펼쳐질
웅지에 날갯짓에

선비의 수려함이
연꽃처럼 피어나는데

대나무 흔드는
바람 소리는

선비의 날 선 붓 끝에
고요히 잠든다

욕심

사람의 욕심은
풍선 속 바람 같은 것

채우면 채울수록
지나치게 부풀어

언젠가는 터져
풍선도 바람도

산산이 찢겨져
모든 걸 다 잃게 된다

음식도 적당히 먹어야
속이 편하고

재물 욕심도
적당해야지

지나친 욕심은 결국
파산을 맞게 된다

자연인

산이 나를 품고
나는 산을 품었네

평상에 누워
흘러가는 구름을 보며

새소리 풀벌레소리
바람소리 계곡물소리 들으니

세상 부러움 없는
신선이 되었다네

세월아 너 가는 건
세속 사람들이나

애태우며 발 동동 구르며
안타까워하지

속세를 떠난 나는
너를 잊은 지 오래됐단다

인생은 영화다

하늘 아래 지구는
야외극장이요

수없이 펼쳐진
자연은 배경이다

들리는 모든 자연 소리는
영화 속 음향이고

상영시간은
태어나 생을 마치는 날까지이며

나는 주인공이요
인연 맺은 사람들은

조연이고
엑스트라다

희극영화 비극영화
애정영화 액션영화

내 삶에서 내용은 다양하다

얼굴 문양

사람은 누구나 얼굴에
특색있는 문양을 갖고 있다

아름답고 예쁜 문양
순하고 선한 문양

너그럽고
편안한 문양

희망차고
만족스런 문양

불만스럽고
찡그린 문양

욕심이 많고
건방진 문양
밉고 악한 문양

이 모든 문양은

마음가짐에서

우러나는 문양이다

윷놀이

윷가락 네 개가
제멋대로 춤을 춘다

목 터져라 응원 소리
도개걸윷모

말판에 말들이
신나게 달리고

앞서거니 뒤서거니

쫓고 쫓기는데

기회는 단 한 번
모를 쳐야 하는 입장

기를 모아 외치며
모야 모야 하며 던졌다

결과는 원망스럽게도
세 개는 엎드렸고
한 개는 누워서 웃고 있다

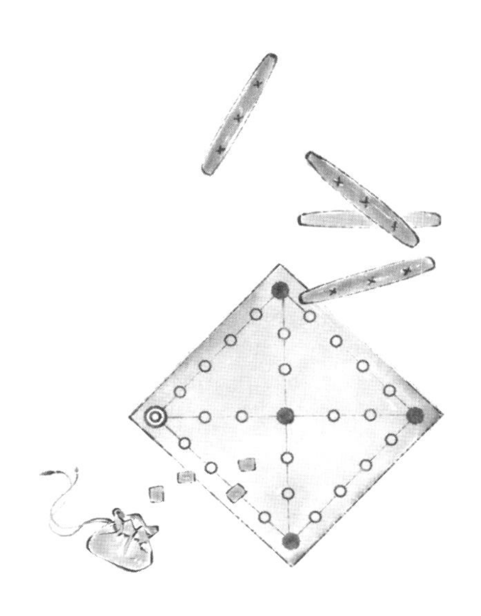

경로석 빈자리

지하철 경로석
빈자리 하나

서 있던 세 사람
힐긋힐긋 쳐다보며

눈치로 넘겨 집듯
나이를 재본다

한 사람은 나보다
연하로 보이고

한 사람은 나보다
연상으로 보인다

앉을까 말까 망설이며
매의 눈으로 노려보는데

순간 연하로 보이는 사람이 멋쩍은 듯
잔기침 몇 번 하더니
앉는 것이 아닌가

그렇다고
일어나라고 할
용기가 안 난다

그래 그래
이럴 바엔
내가 베푸는 마음을 갖자

예수님의 사랑으로
부처님의 자비로
공자님의 너그러움으로

좋은 생각을 하니
마음이 편하고 기쁘다

불면증

모든 신경을 망각한 채
두 눈을 감고 잠을 청한다

새색시 걸음으로
조용히 오는 잠

나는 어린아이 안 듯
조심스럽게 맞는다

제발 잠시라도 좋으니
떠나지 말아 주오

그런 간절함도
잠시 잠깐

어디선가 들려오는
자동차 경적소리
이어서 개 짖는 소리

잠은 냉정하게
눈 깜짝할 새
날아가 버렸다

장마비

장마가 시작되면
농민들 가슴 속엔 불이 난다

빗소리가 회초리 되어
매를 치니 안절부절

잠 한잠 못 자고
밤을 지새운다

장마가 길어진다는
달갑지 않은 소리

벌써 벼는 물에 잠기고
밭작물은
비 맞은 족제비 꼴이다

애지중지 키워온
자식 같은 농작물

장마는 끝났지만
농민들 가슴 속은 다 타고
재만 남았다

인생은 여행길

사람이 태어난 순간부터
죽는 날까지
여행길에 나선 것이다

목적지는 정해져 있으며
그곳은 사후세계이다

여행길에 많은 고통과
시련이 따를지라도
의지를 갖고 가야 한다

안 가려 해도 안 갈 수 없는
여행길 늙고 병들면

세상 인연을 다 끊고
의연하게 가는 것이다

아쉬워할 것도
서러워할 것도

슬퍼할 것도 없이
죽음을 기쁨으로
받아들이자

곧 영원한
새 세상 안내자가
나를 맞을 것이다

코로나와 인간

눈에 보이지도 않고
손에 잡히지도 않는
코로나 군대가
인간 세상을 공격해왔다

예방주사 마스크
소독약으로 맞섰지만
속수무책으로 당했다

코로나 군대 측에서
조건을 제시해왔다

흩어지면 살고
뭉치면 다 죽는다고 했다

이승만 대통령은
뭉치면 살고

흩어지면 죽는다고 했다
정반대라는 말이었다

할 수 없이 코로나 측 조건을
들어주기로 했다

애경사는 물론
친구들 가족모임
모든 조건을 이행했다

사람 수천만이
희생되고야

코로나 군대는 물러갔다
우리 인간에게 경고를 했다

자연을 파괴하고
환경을 오염시키면 언제라도

다시 공격해오겠다며
최후통첩을 남기고 철수했다

상주 제비들

흥부 마음 마디마디
둥글둥글 박 열렸네

모두 모아 쪼개보니
금은보화 가득하네

이 많은 금은보화
하늘의 은덕인걸

천년만년 부귀영화
대대손손 이어질 터

놀부 형님
동네사람들
아낌없이 나눠주고

착한 흥부 훌훌 털고
세상을 떠나니

상주 제비들 조상하며
집 주위를 맴돌면서

지지배배 지지배배
사흘 밤낮 울었다네

둘레길은 건강길

나는 둘레길을 걸으면
발걸음마다 건강꽃이 피어난다

맑은 공기
꽃내음
보약 같은 약이 된다

몇십 년 피워온 담배로 찌든
시커먼 폐가 파아란 새싹이
파릇파릇 돋아나는 듯

끓던 가래도 없어지고
호흡이 좋아졌다

말라깽이 다리는 탱글탱글
통나무가 되고 땀을 흠뻑 흘리고 나면
몸속 노폐물이 몽땅 빠져나간 듯하다

내 몸이 부실하니 싫다고 떠난
청춘이 다시 돌아와 새 세상을
사는 듯하다

걸으면 걸을수록
회춘꽃이 피어난다

아름다운 인연

이 넓고 넓은 세상에서
저 밤하늘의 별보다
많고 많은 사람 중에

하늘이 맺어준
천생연분으로

너희 두 사람은
부부인연을 맺게 되었구나

오늘부터 너희 부부는
가슴밭에다 효도나무를 심어
성심을 다해 가꾸어라

그러면 행복의 열매가
주렁주렁 열리겠지

이해의 열매 배려의 열매
믿음의 열매 화해의 열매
희생의 열매 용서의 열매
희망의 열매 사랑의 열매

이 열매들을
지극정성으로 거두어

양가 부모님께 바치면
무엇보다 귀하고 값진
효도의 열매가
아니겠느냐

자 희망의 새출발이다
부디부디 잘살아다오
아름답고 행복하게

시평 _ 장기숙 시인·수필가

동심의 세계관 그 순정한 길
가족, 자연친화적 사랑 · 재미성

1. 아이의 마음으로 여는 세계

경규학 시인은 첫 번째 시집 『낮은 곳에서 피어나리』 이후 틈틈이 쓴 시들을 5년 만에 가지런히 내놓았다. 젊은 시절을 전쟁터에 물린 만큼 생의 나이테가 굵어진 후, 문단에 입문한 경우이니 세상을 보는 눈도 복잡하고 옹이가 박힐 만한 연륜이 쌓였을 것이라는 짐작을 했다.

그러나 필자의 선입견과는 달리 시인은 오히려 요설이나 장광설을 피하고 생의 고비들을 초월한 듯, 어린아이의 맑고 천진스러운 눈으로 사물을 바라보는 게 아닌가. 그러한 긍정적인 심상이 과연 어디서 오는 걸까. 시편마다 간결하고 미소를 머금게 하는 연둣빛 시 숲속에 머물러 보자.

나비들의 호위를 받으며
오는 엄마 봄

설레는 마음으로
젖비를 품고 와

곤한 잠을 자고 있는
아가 풀꽃을 깨워

시원하고 달콤한
젖비를 먹인다

배시시 웃으며
눈을 뜨는
아가 풀꽃들
얼굴 쏘옥 내밀며

엄마 품에 안기어
아지랑이 구슬 갖고
장난감 놀이 한다

-「엄마 봄」

'곤한 잠을 자고 있는 아가 풀꽃을 깨워 시원하고 달콤한 젖비를 먹인다'라는 표현에서 봄과 봄비 그리고 풀꽃들을 엄마가 아기에게 젖을 먹이는 발상이야말로 얼마나 천진난만한가. 거기에 '배시시 눈을 뜨는 아가 풀꽃들 아지랑이 구슬 갖고 장난감 놀이 한다'니 미각적, 시각적, 공감각적 이미지가 어우러져 독자들의 마음을 동심의 세계로 끌어당기기에 충분하다.

하늘에서
선녀들이
물감으로 그린 그림

세상에서 가장
아름다운 작품일 거야

서쪽 하늘 황톳길
그려 놓고는

호호호 웃으며
노을이라 이름 붙였네

은하수 저편
선녀탕에서 목욕을 하고

해 뜰 무렵 동쪽 하늘에
태양을 그린다네요 -「선녀들의 그림」

앞의 시는 표현 그대로 한편의 동시다. 작가의 어린 손자가 썼음 직한 눈으로 자연을 보는 심상 그대로 나타나 있지 않은가.

노을 진 하늘과 은하수가 흐르는 선녀탕을 상상해 보라. 그 풍경으로 풍덩 빠져들어 선녀들을 훔쳐보고 싶은 짓궂은 충동을 느끼게 한다.

가을하늘은
푸른 바다가
하늘 높이
떠오른 듯

조각구름은
돛단배 같고

흰 뭉게구름
흐르는 걸 보면
유람선 같고

검은 먹구름 떼는
큰 군함이
떠 있는 것 같네 -「하늘바다」

'가을하늘은 푸른 바다가 하늘 높이 떠오른 듯'하는 역발상도 어린아이 눈이 아니면 볼 수 없을 것이다.

바다는 밑에 있고 하늘은 위에 있는 법, 거꾸로 보기 신성한 상상력의 표현이다. 마치 엉뚱하고 신박한 말 같지 않은가? 절대로 가라앉을 리 없는 돛단배, 유람선, 큰 군함이 높이 올라간 바다 위에 다 떠 있다. 유람선 타고 하늘나라를 유람하고 싶어진다.

2. 가족, 그리고 자연친화적 사랑

먼저 「엄마의 봄」에서도 주지했듯, 시인은 사물을 동심으로 본 세계관의 연장선상에서 자신을 둘러싸고 있는 가족들과 이웃에게도 한없이 정겹고 애틋한 사랑이 발현된다.

보통의 사람들이 가족을 사랑하는 데야 별스러운 것이 있으랴만 꼭 그렇지만은 않은 것이 현실이기도 하다. 가정에서의 아동학대, 사회에서의 학폭 등 충격적인 뉴스를 접할 때마다 가족에 대한 사랑과 이웃을 향한 사랑은 날로 메말라 가는 현대인에게 당위성을 시사한다.

아울러 시인은 소소한 일상과 자연 속에서 건진 흔한 사물들, 꽃, 새, 풀꽃 등과 함께 자연친화적 시심을 지니고 있어 독자들과의 부담 없는 공감대를 형성하고 있다.

나 어릴 적 우리 남매
뒤란 장독대에서
술래잡기
놀이를 할 때면

까치들이
감나무 가지에 앉아
깍깍깍 울어대며
술래를 알려준다

훠이훠이 손을 저어
쫓을라치면

이 가지 저 가지
옮겨 다니며
용용 놀려대는 까치들
그 모습이 재밌다는 듯
해맑게 웃으시던 어머니

지금은 가셨지만

어머니 손때묻은
장독마다 귀를 대보면

장 익어가는 소리가
어머니 숨결처럼
그리움으로 들려온다 -「장독대의 추억」

어릴 적 형제자매들과 마당에서 술래잡기하며 뛰어 놀던 추억을 소환했다. “까치들이 감나무 가지에 앉아 깍깍깍 울어대며 술래를 알려준다”처럼 다분히 동심적 개구쟁이 심상을 청각적 이미지를 통해 새들과 식구 모두 한 가족으로 화목했던 한때가 그림처럼 다가온다.

이러한 자연친화적 심상은 〈귀뚜라미〉의 “은쟁반에 구슬 구르듯”, 〈민들레 부부〉에서 “신접살림 차리었나 어여쁘고 다정해라”에서도 어김없이 드러난다.

위 시의 뒤란, 장독대, 감나무, 장 익어가는 소리, 어머니의 숨결 어느 것 하나 풋풋하고 아련한 그리움의 대상이 아닐 수 없다.

우리아가 아장아장
엄마손뼉 응원소리

넘어질 듯 뒤뚱뒤뚱
오리걸음 흉내 내듯

까르깔깔 재롱떨며
엄마 눈 맞추고는

장한 듯이 웃으면서
엄마 품에 안기운다

-「아가 재롱1」

누가 7, 80대 할아버지의 글이라 할까?

보통은 아기 엄마 아니면 형이나 언니가 쓴 동시로 읽히기 쉽다. 시인은 이미 시조로 등단한 경력이 있는 작가다. 4음보조의 운율감이 있는 이 작품은 종장에 3음수를 맞추면 동시조에 가깝다. '아장아장, 뒤뚱뒤뚱, 까르깔깔' 등 의태어와 의성어의 수사법은 생동감을 불러일으켜 살아있는 문장으로서 훨씬 돋보인다.

〈아가 재롱2〉의 '맘마 맘마, 곤지곤지, 쌔근쌔근'도 동시적 표현으로 효과적이다. 〈반딧불이〉에서 '꽁무니에 비상 깜빡불 켜고 숲속을 누비며 순찰을 돈다' 얼마나 천진난만하고 재미있는 상상력의 발현인가.

세 살배기 손주 녀석
배를 깔고 엎드려

크레용을 움켜쥐고
코를 훌쩍거리며

무슨 말인지
웅얼웅얼하면서

엄마 얼굴 그리더니
빗발치듯 색칠을 한다

손주 녀석 그림과
피카소 그림을 대보면

그 그림이 그 그림
도토리 키재기다

피카소 그림
한 작품에 수백억

손주 녀석 그림값은
얼마나 될까

-「피카소와 손주 녀석」

손주 자랑은 돈 내놓고 한다는 말이 있다. 그만큼 본인의 자식 기를 때는 가장으로서의 책임과 의무로 어깨가 무거웠을 터, 대다수가 앞만 보고 달려오느라 귀여워할 겨를도 없었던 세대가 아니든가. 눈에 넣어도 아프지 않은 손주의 그림이니 피카소가 대수일까? 아무리 수백억 그림일지라도 할아버지 눈에는 도토리 키재기, 도긴개긴이란 말씀이다.
손주 사랑에 눈먼 위트가 넘치는 작품이다.

조약돌 같은
예쁜 수제비

어머니 마술 같은
손놀림이 환상적이다

한 점 한 점 떼내어
펄펄 끓는 물에

퐁당퐁당
내던지면

자맥질을 하며
수영을 한다

모락모락 오르는 김은
어머니 따뜻한 마음

그 맛은 세상 어느 맛과도
비교할 수 없으리 -「수제비」

수제비는 우리네 추억의 음식이다. 요즘도 어쩌다 수제비를 대할 때면 옛날에 수제비를 해 주시던 어머니가 생각난다.

작가의 어머니께서는 이미 하늘나라에 계실 터, 마치 살아계시는 어머님을 보는 것처럼 생동감이 느껴진다. 수제비를 떼어 내는 모습을 '퐁당퐁당 내던지면 자맥질을 하고 수영을' 하는 물고기를 연상하게 한다. "모락모락 오르는 김"에서 어머니의 포근한 마음과 손맛을 소환하는 자식의 효심은 그 어머니의 그 아들답게 한없이 따사롭다.

밤이면 별들이
시위를 한다

엄마별 아빠별
아가별들까지

무슨 사연 있어
밤새도록 슬픈 빛을 토해내며
시위를 하는 걸까

귀 기울여
가만히 들어보니
지구에서 올라오는
오염된 공기와

전쟁터에서 들려오는
미사일 대포 소리에

숨 막히고 시끄러워
잠을 못 이루니 빛을 잃어 간다고

-「별들의 시위」

시인은 사물들에서 가족을 등장시키는 내용이 꽤 많다. 이는 식구에 대한 애착이 작가의 정신세계를 지배하고 있다는 표증이기도 하다.

위의 시에서 '엄마별 아빠별 아가별들까지', 〈고마운 잡초〉의 '금실 좋은 종달새 부부' 와 〈핸드폰 비서〉 '딸내미 귀가가 늦어 걱정이 되면 네가 딸내미 폰에 연락해', '핸드폰 비서 우리 가족이다'처럼 다수의 시편에서 가족을 동원하고 또 만들어내기까지 한다.

또한 별이 '지구에서 올라오는 오염된 공기와 전쟁터에서 들려오는 미사일 대포 소리' 때문에 잠 못 이루고 '빛을 잃어 간다고' 온 가족이 시위를 하며 환경 오염의 주범인 인간들에게 일침을 놓고 있다.

이는 자연에 대한 사랑과 우려의 메시지가 강하게 담겨있는 좋은 작품이다.

잔잔한 호숫가에 앉아
세상 다 잊은 듯
낚시를 드리우니

만 가지 시름이
스르르 사라진다

수초 사이로 오가는
귀여운 고기들

가끔씩 물 위로
펄쩍펄쩍 뛰어오르며

고요 속 삼매경에 빠진
내게 놀자고 한다

그래그래 고기들아
마음껏 놀아보자

내 너희를 잡을 맘없어
귀 없는 바늘을 달아놓았단다 -「낚시」

한가로이 낚시를 하고 있는 모습이 그려진다. 여기에서 주목할 부분은 마지막 연에서 나타난다. '내 너희를 잡을 맘 없어 귀 없는 바늘을 달아놓았단다'와 같이 고기를 잡는 목적이 아니라 자신의 마음을 순화시키는 행위이며 자연 속의 생물들을 지극히 아끼고 사랑하며 더불어 살아가는 마음을 읽을 수가 있다.

3. 미소를 짓게 하는 위트와 유머

물질이 풍요해지면서 쾌락과 향락을 따라가는 풍조가 생겨났다. 이러한 시대에 문학이 독자들한테서 멀어지는 이유 중의 하나가 읽어도 재미가 없고 어려워서 머리가 아프다는 점이다. 이를 극복하기 위해서는 각고의 노력 또한 글 쓰는 사람들의 몫이다.

경규학 시인은 이런 면에서 쉽게 읽히고 독자들에게

상큼한 웃음을 던져주는 재미성을 실행하고 있는 장점이 있다.

다리 허리 아프고
숨찬 사람 다 오시오

남녀노소 누구나
내게와 치료를 받으시오

내게 앉기만 하면
신통하게 치료가 됩니다

나는 주사도 침도
약도 안 줍니다

피검사도 안 하고
엑스레이도 안 찍습니다

그러니 어찌 내가
명의가 아니겠오

나는 언제라도
이 자리에서 기다릴 테니

주저 마시고
오셔서 치료받고
쉬었다 가시오

밤낮없이 무료 진료입니다 -「의자 의사」

제목만 보고는 의사는 그저 의자에 앉아서 환자를 진찰하는 내용인 줄 알았다. 한 줄 두 줄 읽어가면서 웃음이 빵 터졌다. 의자라는 무생물이 의사로 둔갑을 할 줄이야.

이렇듯 의자를 의사와 동일시하는 것은 서정시의 특성 중 동일화의 원리 수사법이다. 병원에 가려면 두려움이 앞서서 거부감 먼저 드는데 편리한 의자 같은 의사라면 얼마나 안전하고 기분 좋은 일인가. 코믹하고 위트와 유머가 넘치는 작품이다.

예수님은
사랑떡

부처님은
자비떡

공자님은

효도떡

소크라테스는
철학떡

이 떡을 먹으면
깨우침을 얻어
행복하리라

-「떡」

대개의 경우 세상 사람들은 자신이 믿는 절대자의 진리만이 제일이라고 생각하기 쉽다. 그러한 세태를 은근히 무시해 버린 듯, 재미있는 표현을 하고 있다. 이는 작가의 평소 가지고 있는 생각이 배타적이지 않고 그 경계를 포용하는 서로 간의 이해와 소통에 대한 긍정적 사유의 발로라 생각한다.

너는 새로운
우리 가족

내 손가방에서
비서 노릇을
톡톡히
하고 있어

딸내미 귀가가 늦어
걱정이 되면

네가 딸내미 폰에
연락해

안심을 시켜주니
참 고맙구나

설화에 나오는
도깨비방망이도
못하는 것을
네가 해내니

어찌 아니 좋겠느냐

날씨도 척척
계산도 척척
네비도 척척
사진도 척척
정보도 척척

너는 나의 반쪽

만능 척척박사

핸드폰 비서

우리 가족이다 -「핸드폰 비서」

'너는 나의 반쪽 만능 척척박사 핸드폰 비서 우리 가족이다' 앞서 말했듯이 시인은 무생물도 가족으로 만들어 함께 한다. 많은 사물에 대해 식구를 대하는 것처럼 따스한 가슴으로 포옹하고 있기 때문이다.

필자가 보기에 경규한 시인은 시적 대상을 매우 정다운 시각에서 잡아내는 심성을 가지고 있다.

대상을 포착할 때도 크고 거창한 것이 아니라 작은 것에 대한 연민과 사랑으로 진지한 모색의 과정을 거친다.

꽃의 경우에도 큰 나무의 목련, 모란처럼 큼직하고 우아한 꽃이 아니라 민들레, 할미꽃, 토끼풀꽃과 같이 작은 꽃들이 등장한다.

첫 번째 시집의 표제『낮은 곳에서 피어나리』에서도 마찬가지다. 몸을 구부려야만 볼 수 있는 꽃들이 길가나 들녘 곳곳에 활짝 피어 제 나름의 존재 의미를 구현케 하여 독자에게 마음의 평화와 기쁨을 선사한다.

이는 대단한 지식이나 철학에서 오는 것이 아니라 그저 따뜻한 사랑의 눈으로 대상을 바라보기 때문이다.

포탄과 총알이 빗발치는 사선을 체험한 용맹스런 시인의 삶 갈피마다 심연 깊숙이 승화를 거듭한 시심일까, 혹은 아이러니라 할까.

유달리 덥고 긴 여름이 막바지에 이르렀다.

시인의 겸손하고 온화한 詩眼, 티 없이 맑은 동심의 세계관, 자연과 더불어 간결하고 위트와 유머가 넘치는 글들로 무더위를 잠시 잊기도 했다.

시인의 시집이 상재되는 올 가을은 더욱더 보람 있고 아름다운 계절이 되리라.

경규학 시인의 후속 작업에도 문운이 빛나기를 손모아 기다린다.

시를 묻는 그대에게

초판 1쇄 인쇄 2024년 09월 06일
초판 1쇄 발행 2024년 09월 12일
지은이 경규학

펴낸이 김양수
책임편집 이정은

펴낸곳 도서출판 맑은샘
출판등록 제2012-000035
주소 경기도 고양시 일산서구 중앙로 1456 서현프라자 604호
전화 031) 906-5006
팩스 031) 906-5079
홈페이지 www.booksam.kr
블로그 http://blog.naver.com/okbook1234
페이스북 facebook.com/booksam.kr
이메일 okbook1234@naver.com

ISBN 979-11-5778-664-0 (03800)

* 책값은 뒤표지에 있습니다.
* 파손된 책은 구입처에서 교환해 드립니다.
* 이 도서의 판매 수익금 일부를 한국심장재단에 기부합니다.

맑은샘, 휴앤스토리 브랜드와 함께하는 출판사입니다.